U0140492

蔡天涛 著

天涯画中话

峰峦直削嶽三千丈
粤岳深山百二重
人生路心万惊险
自有云川生守中

广东省出版集团

花城出版社

中国·广州

图书在版编目（CIP）数据

天涛画中诗 / 蔡天涛著. —广州：花城出版社，2009.1
ISBN 978-7-5360-5488-2

Ⅰ. 天… Ⅱ. 蔡… Ⅲ. ①诗词—作品集—中国—当代
②中国画—作品集—中国—现代③汉字—书法—作品集—
中国—现代 Ⅳ. I227 J222.7

中国版本图书馆 CIP 数据核字（2008）第 141005 号

责任编辑：李　谓
技术编辑：赵　琪
平面设计：苏家杰

出版发行　花城出版社
　　　　　（广州市环市东路水荫路 11 号）
经　　销　全国新华书店
印　　刷　佛山市浩文彩色印刷有限公司
　　　　　（南海区狮山科技工业园 A 区）
开　　本　787×1092（毫米）　16 开
印　　张　11.5　30 插页
版　　次　2009 年 1 月第 1 版　2009 年 1 月第 1 次印刷
印　　数　1—2,000 册
定　　价　56.00 元

《天涛画中诗》序

黄 树 森

  题画诗始自魏晋六朝。其时，随着人的觉醒和文的自觉，文学和艺术均出现了一个新的高潮。在诗歌方面，从汉末以"一字千金"的《古诗十九首》为代表的五言诗出现，到沈约等人近体声律的发现，不仅高潮迭起，也为奠定中国"诗之国度"的盛唐时代的到来准备了条件。在书法方面，钟繇创制了楷书，王羲之的行草毫无疑问是千古绝唱。在绘画方面，以顾恺之为代表的洛神赋图，也是后人难以企及的典范。正是这诸多方面，成就了令后世景行仰止的魏晋风流。而魏晋风流的一个重要特征是——那时的士人多是诗、书、画兼擅，兰亭集序不仅书法千古独步，文章亦堪千古传诵。这就是题画诗开始出现于魏晋六朝的背景。这种多种艺术素养的兼综，也是中国传统文化发展的一个重要特征。史学大师陈寅恪先生曾说中华文化"造极于两宋之世"，其观察论定的一个角度就是这种兼综。由此，我们从中国的绘画史可以看到，传统绘画的文人画特征日趋强烈。例如：明代的唐伯虎、清代的郑板桥、近代的吴昌硕、齐白石、张大千等绘画大师的作品。不仅落款题字的书法与画面相得益彰，题画诗的数量、特色和成就也足以自成一体。所以，乾隆皇帝在大修四库全书的同时，还亲手编撰了一套卷帙浩繁的《御选历代题画诗》。

这是一个光荣的传统。可是我们今天，在传统绘画被称为国画的同时，题画书法这种国书日渐从画面消失，即使存在的也往往有伤大雅；题画诗这种可称为国诗的旧体诗，更是难觅芳踪，偶有题上画面的几句不伦不类的所谓诗句，亦仿如佛头着粪，令人难以忍受。这种尴尬，或许正是我们今天要复兴传统文化的一个理由吧。同时，这恐怕也正是国画大师吴冠中先生年来所说，中国绘画难出大师的一个深层次原因吧！吴老始终认为，一个大师的艺术修养应当与其文化修养成正比，否则只能成为画匠！

近年来，有机会欣赏到岭南画派大师原广东画院副院长方人定先生与原广州美术学院副院长黎雄才教授的入室弟子、著名旅美书画家蔡天涛教授的绘画作品，对其题画书法和题画诗感觉是眼前一亮，这种诗、书、画三艺合一的作品，是越来越珍稀了，更何况不仅其画有天风海涛的气魄，其诗，其书法，亦复如是，显得更为可贵。有时便想，天涛若是把他的题画诗辑出单独出版，对于后学，将是很有益处的。后来知道他曾经印行了《题画牡丹诗百篇》，在社会上获得较大的反响，现在他更认真地辑出了一本《天涛画中诗》，洋洋洒洒二百多篇，实在令人高兴。所以，当他提出要我作序，我便欣然答应了，并写下了上面这些话。艺无止境，天涛尚年富力强，希望天涛不断锤炼自己的诗书画艺，为中华传统文化的复兴与发展，做出新的更大的贡献。

2008 年 3 月 14 日于广州

作者为：
广东省人民政府参事
广东省文艺批评家协会名誉主席
中山大学客座教授

我所认知的蔡天涛

苏 章 鸿

听说蔡天涛教授要把他多年的题画诗、词集结出版，我的第一反应是好，第二反应仍然是好。

后来蔡天涛教授让我以一个朋友的身份写点什么，我就觉得为难了。其一，我不是名人，其二，我不懂诗。

但出于友情难却，我还是答应了。但写什么好呢？既然不懂诗，我只好选择写人了。

我与蔡天涛教授相识于丁亥年，两人一见如故，没几个来回就引为同类。我敬重他的勤奋，他虽有很好的师道渊源，但成就他事业的却是一生的不懈；我敬重他的平和、本分，每次在一起，没有语气铿锵，倒是和声细语，温良兼恭让，但却是字字珠玑；我敬重他的豁达和侠义心肠，当许多人都把金钱看得比天还大的时候，他却轻描淡写地一次拿出自己心仪的 80 幅画作用来资助贫困家庭的孩子学艺；我还敬重他的睿智与多才多艺，别人画的花鸟大都是在花前月下，溪边柳旁，他的花鸟却在冰天雪地、惊涛骇浪中嬉戏翱翔；别人画国画，求的是嫡传正宗，他却画出了不同的肌肤和不同的神韵，显得那么的和而不同；尤其是他的"动感"构图法，更是透出一种大气，不凡与创造；我还见过他的书法，虽不敢断定是否算大家之作，却也是眉清目秀、俊逸潇洒，如行云流水。这一切，让我不得不信服，蔡天涛毕竟是蔡天涛。

蔡天涛教授虽是画画之人，但写起诗来也是毫不费力，信手拈来，其中也不乏情景相融、让人怦然心动之佳品，如"瞒人昨夜三更雨，送我今晨一院花"；"日照丹崖暮云暖，鸟鸣翠树晓风寒"；"和风默默怜新草，灵燕轻轻驻嫩枝"；"有泉不知几时冷，无端飞来何处峰"，等等。

不懂诗，所以特别崇拜诗，有心在结尾处也挤两句出来充充场面，但实在挤不出来了，只好还在《天涛画中诗》中借两句来结束我的尴尬："意随绿水远，心比白云闲，胸中无灰垢，望里有青山。"

2008 年 6 月 23 日

作者为：

广东省群众艺术馆馆长

莫把丹青等閒看

無聲詩里頌千秋

祝天涛畫中詩集出版

戊子暑月 歐初

原广州市市长　欧初　题

峰巒如聚　嶽三千丈

萬壑深山百二重

人生路心不憚險

自愛深川在望中

深川古望畫中一詩

戊子春　濤

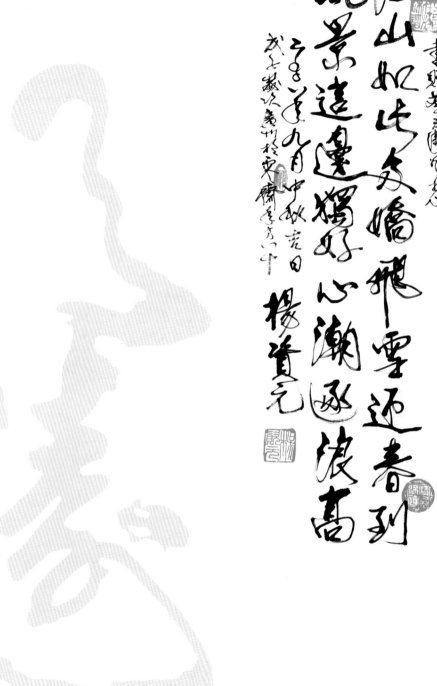

集毛主席句成联
书赠荣宝庵句志

江山如此多娇 飞云迎春到
风景这边独好 心潮逐浪高

戊午岁次广州於束斋年方八十
二零零七年九月中秋克日

杨资元

原广东省副省长 杨资元 题

茶道画中诗

愿君惜取好年华
名利须臾镜里霞
风月壤心手搏泓
不及深来小榼茶

黄志涛

天風海濤

沈鵬

中国书法家协会主席　沈　鹏　题

清風入座了无痕

不逐世尘迷自迷

根植淤泥君莫笑

自然荷气动鸟心

荷花动鸟画中诗

戊子年冬 溥□

翰墨生輝

士為頻 劉

中国美术家协会副主席　刘大为　题

晚風吹石灘浪台

家到江南春已研

歸去不忘坐兩朵

逢人便說賞花來

戊子年 □濤

大道助残

中国美术家协会副主席　林墉　题

秋霜染玉不枝娇
顏形搜遍入詩景未導
加國楓胭脂塗旭日
磯砂染朱彤彩

加拿大賞楓画中词摘句

戊子春人濤

盛世华章

贺天涯画中诗出版　戊子年　许钦松

广东省美术家协会主席　许钦松　题

湘石幽云花画中诗

垂东腕底出蛟龙
天海幽涛烟而中
且浮常法换无法
拾却涛晰入瞳眬

丙戌年 涛

作品选登

天高任鸟飞

125×62cm

（该画曾获美国
第五届国际艺术家联
展第一名奖）

春韵

136×69cm

银浪雄鹰

178×95cm

春晓乐　240×120cm

鸟戏雪原春　　360×90cm

十八罗汉　360×140cm

回归　　250×123cm

（该画为广东华侨博物馆收藏）

佛吼龙吟　　240×120cm

南天鷹舞　　360×140cm

蒼海時西雨時靜雨時鳴咕時遊戲於銀鷗時遨戲松其中可以百之人皆之大事書西戌手

輕舟扁舟

之濤

苍浪轻鸥　195×70cm

醉八仙　　187×95cm

南海腾龙　　360×140cm

知还

190×98cm

《弹簧之歌》

遇强不示弱，

遇弱不逞强。

人生如弹簧，

伸屈自有章。

——天涛——

天涛画中诗

目录

天涛画中诗

目录

目录

天涛画中诗

目录

天涛画中诗

目录

天涛画中诗

目录

天涛画中诗

目录

目录

词

摊破浣溪纱

《自嘲》

天涛生性忒愚顽。得清闲处便清闲，皓首穷经殊不惯①，爱游山。

天涛生性忒愚顽。懂与不懂写诗文，似与不似画牡丹②，不堪看！

【注释】

①皓首穷经——三国演义之中，诸葛亮舌战群儒曰：青春作赋，皓首穷经，坐谈立议，无人能及，临机应变，百无一能……

②似与不似画牡丹——绘画大师齐白石曾说："画，太似则媚俗，不似则为欺世，画，妙在似与不似之间。"

沁园春

《萝岗香雪写生》

岭上横枝，岩边伸茎，冬去阳生。正群
葩霜染，众蕊含冰。新蕾缀玉，老干藏英。
香雪海中，笑语轻盈，一景风迷五羊城。萝
岗地，育百里琼林，千年之盛。

微云、淡月、疏星。伴我春晨乘兴登
程。未临花世界，先醉温馨。梅逊花娇，花
让梅清。放翁词意①、林逋诗情②。品高唯
此树精灵。怜风雨，凭我生花笔③，留住梅
兄。

【注释】

　①放翁词意——宋朝爱国诗人陆游，号放翁。咏梅词：无
意苦争春，一任群芳妒。零落成泥碾作尘，只有香如故。

　②林逋诗情——林逋，字和靖。一生爱梅，号称"梅妻鹤
子"。

　③生花笔——《开元遗史》：李白少时，梦笔头生花，由
是才思瞻逸。

鹊桥仙

《访萝岗、写白梅》

点点如银，团团似雪。敢欺天上明月。
飘然骤下蕊宫仙，离却那，琼楼玉阙。

不惧霜侵，不为寒缺。天教风流洒脱。
花若水柔枝胜铁。唯爱此，人间奇绝。

鹧鸪天

《夜宿广东韶关丹霞山》

人生爱此好溪山，冬夏春秋乐往还。日照丹崖暮云暖①，鸟鸣翠树晓风寒。

燕迎新、歌送晚。四野繁花迷望眼。朗月良宵留客醉，送将好梦入更阑。

【注释】

①丹崖——丹霞山之岩石皆呈朱褐色.阳光下红光闪闪。

沁园春

《广州黄花岗七十二烈士祭——重阳风雨访黄花》

百粤含哀，珠河淌泪，云山颤恸。正重阳风雨，繁花敛艳，群鸟匿迹，绿野迷踪。凌霜吐蕊，冒雨横枝，且看秋菊战冷风。何需问：凝寒大地，谁是英雄？

千载磨劫重重。碧血铸成华胄高峰。忆放翁遗愿："中原北定"①，武穆长啸："直捣黄龙②。"七二健儿，烈魄英魂，丹心长铭青史中③。汉江山，古今多豪杰，浩气如虹。

【注释】

①中原北定——宋朝爱国诗人陆游诗：王师北定中原日，家祭毋忘告乃翁。

②武穆长啸："直捣黄龙"——岳飞死后追封"武穆王"。曾大破金兵，高呼"直捣黄龙，迎还二圣"。黄龙府——金国首都。

③丹心长铭青史中——宋爱国民族英雄文天祥撰写《正气歌》：时穷节乃见，一一垂丹青。

鹧鸪天

《越秀山看菊展》

岭南再度迎秋节，羊城几处菊花园。四望高坛色烂漫，为谁忙碌又一年？

看云山，意悠然。东篱采撷学陶潜①。欲报丰年舒笑脸，金风吹送艳阳天。

【注释】

①陶潜——晋大诗人陶渊明诗：采菊东篱下，悠然见南山。

蝶恋花

《广西柳州马鞍山之夜》

马鞍岭头耀银海。月影徘徊，千峰为雪盖。万丈尘心皆涤净，一双睡眼豁然开。

碧水晴江天地外。客情澎湃，快步上高台。数朵山花头上戴："几时春夜又重来"？

蝶恋花

《烟雨漓江游》

相逢恍若梦天堂。山环水绕，千古一漓江。碧浪行舟双荡荡，翠峰远岫两茫茫。

春风初渡换新妆。玉簪罗带①，烟雨胜三湘。休问歌坛何新曲？且听竹笛奏渔腔。

【注释】

①玉簪罗带——前人有诗形容漓江山水：江似青罗带，山如碧玉簪。

樱桃花

《春夜雨》

春来也。
得意春风如快马。
顷刻绿尽江南野。
催花需凭春夜雨。

念奴娇

《雨中过长江》

骤雨临世。眺天际，风急潮涌云低。一行旅友尽惊魂，震服自然声势。波若山崩，澜如地裂，谁可安然对？危窗凝望，当中只有画迷！

多谢水神作美。浩瀚长江，佳处来眼底。欲求奇险越前人，多年苦思无计。今日感灵，霞光乍现，愿发男儿誓："笔下狂涛，创新丹青境界①。"

【注释】

①丹青——画。

唐多令

《春游杭州西湖》

谁令杭州美？无疑是春风！有泉不知几时冷①，无端飞来何处峰②？天上月，印潭中③。

烟锁苏堤柳④，雾迷花港红⑤。楼外楼⑥，听灵隐钟⑦。饮罢一勺西湖水，愿沉醉，江南梦。

【注释】

①有泉不知几时冷——西湖景中有井号"冷泉"。

②无端飞来何处峰——西湖景中有山号"飞来峰"。

③天上月，印潭中——西湖景中有"三潭印月"、"平湖秋月"。

④苏堤——相传为苏东坡贬江南时所筑。

⑤花港——西湖景中有"花港观鱼"。

⑥楼外楼——西湖边上之名楼。

⑦灵隐——西湖边之名刹灵隐寺。

鹧鸪天

《游杭州西湖，赏断桥烟雨，忆白蛇、法海故事。》

谁抛烟雨两纷纷？柳畔断桥又断魂。白蛇、法海今何在？远望雷峰锁暮云。

佛门羞、仙凡恨。只缘恶僧心太狠①。如今苍天行方便，西湖挤满有情人。

【注释】

①恶僧——指法海。法海曾破坏白蛇与许仙的爱情，把白蛇镇在雷峰塔下。

拂霓裳

《游杭州西湖——谒岳王坟逢骤雨》

梵音起，佛号声声传悲语。岳庙前，神光灼灼横天宇。引亢狂歌："英魂今何处"？泪水注，晴空骤降同情雨。

"鹊巢鸠占"轻黎庶①。我来议："非金牌，铁骑直捣黄龙矣②！说甚秦相谋，实是宋王意。跪灵像，本不应只塑二人也③！"

【注释】

①"鹊巢鸠占"轻黎庶——宋高宗赵构，不愿接回被金兵掳去的徽，钦二帝，就是怕失去自己占有的父兄帝位。完全不以国家百姓为重。黎庶——百姓。

②直捣黄龙——宋朝爱国将领岳飞曾向部下众将士发出誓言：直捣黄龙与诸君痛饮。金牌——宋相秦桧以十二道金牌从朱仙镇前线召回岳飞，然后以"莫须有"罪名将其杀害。

③跪灵像——杭州西湖边岳王坟前，后人用铁铸秦桧夫妇跪像，以慰岳飞英灵。此句意思是指跪像应加上宋王。

15

踏莎行

《游苏州——姑苏台上怀吴越》

物换星移，朝云暮雨。吴越往事随风去①。夫差遗恨是骄奢，失国非关浣纱女②。

事业兴亡，江山更替。勾践何不容种蠡③？弓藏鸟尽实可悲④，尝胆卧薪警后世⑤。

【注释】

①吴越——春秋时期的吴国、越国。夫差是吴国国君。

②浣纱女——西施曾在家乡贮萝村浣纱。

③勾践——越国国君，兵败为吴王夫差之俘虏。

种蠡——越国大夫文种与范蠡。扶助越王勾践复国。后来文种被越王所杀，范蠡避祸隐居。

④弓藏鸟尽——形容把人使用完毕，即抛弃。古云：飞鸟尽，良弓藏，狐兔死，走狗烹，敌国破，谋臣亡。

⑤尝胆卧薪——越王勾践为求复国，曾卧薪尝胆激励自己，不忘雪耻。

雨中花

《春游绍兴》

暖意冲破寒冬。拱桥烟雨迷濛。横塘积绿，曲院香浓。景物为谁容？

今年花比去年红。旧时燕又相逢。佳游如美梦。画船载酒，醉几度春风。

浪淘沙

《春山雨后行》

骤雨访人间。落红几番。岭头风过花未残。更有杜鹃萌新蕊，不畏春寒。

彩虹现溪涧。点缀青山。千崖踏遍兴犹酣。险峰越后朝前看，定是平川。

踏莎行

《访山东菏泽——花月词》

花如无知，月如无知，何故频频惹相思？惜花合当春未老，四月仍是赏花时①。

月圆如是，花开如是，谁不爱此红尘事？花月争妍入丹青，曹州花月留经史②。

【注释】

①四月仍是赏花时——山东菏泽牡丹乡之牡丹花，花期都在每年谷雨节前后，约在三四月之间。

②曹州——山东菏泽县古称曹州。向来有"曹州牡丹甲天下"之称。

水调歌头

《训儿歌》

　　昨日竟何如？明日有谁知？今日不多努力，老去悔来迟。江河焉留逝水？风过了难追！愿儿常秉烛，宁向书中醉，莫为戏所迷。

　　夏囊萤①、冬映雪②，应紧记。都作春种秋收，古今同一理。天磨不改铁汉心③，人生当立凌云志，闻鸡宜早起④。白首回头望，含笑东风里。

【注释】

①囊萤——晋朝人车胤，家贫，夜读时没有点灯的油，便捉来萤火虫放进一薄纱袋中以照明。

②映雪——晋朝人孙康，家贫，夜读时没有点灯的油，只好到户外，借助雪的反光以照明。

③天磨——古诗云：能受天磨真铁汉。

④闻鸡宜早起——祖逖少年时立志为国效劳，每天闻鸡起舞。

阮郎归

《似与不似画牡丹》

百花朝圣列仙班，选美蓬莱山①。艳压群芳是牡丹，众卉未可攀。

描金粉、染朱丹。形似不似间②。王者风范画之难，神韵意中生。

【注释】

①蓬莱山——相传是神仙居住之处。

②形似不似间——绘画大师齐白石曾说："画，太似则媚俗，不似则为欺世，画，妙在似与不似之间。"

踏莎行

《丹青好作护花泥》

微云如雾，细雨如丝。天地多情有谁知？和风默默怜新草，灵燕轻轻驻嫩枝。

汇绿成柳，集水成溪。眼前花事梦依稀。把握激情张画卷，丹青好作护花泥①。

【注释】

①护花泥——清龚自珍《己亥杂诗》：落红不是无情物，化作春泥更护花。丹青——画。

拂霓裳

《牡丹》

问群芳：是谁堪称百花首？闻言道：渊明赏菊情千缕①。敦颐偏爱莲②、和靖为梅友③。还有那，红杏不离延巳手④。

艳惊龙楼。谪仙词⑤、妃子宠⑥、君知否？牡丹生来傲王侯。天香原有价、国色更无俦⑦。非所求，只愿与众人共风流⑧。

【注释】

①渊明赏菊——晋陶潜，号渊明。大诗人。有诗："采菊东篱下，悠然见南山"。

②敦颐——周敦颐。写"爱莲说"流传千古。

③和靖——林逋，字和靖。爱梅，号称"梅妻鹤子"。

④延巳——冯延巳。词："闲引鸳鸯香径里，手接红杏蕊。

⑤谪仙——唐大诗人李白。曾在金殿上写（清平调）牡丹诗三首。

⑥妃子——杨贵妃。

⑦无俦——无人可及。

⑧只愿与众人共风流——周敦颐爱莲说中有云："牡丹之爱宜乎众矣"。

蝶恋花

《人生莫负太平世》

是谁窃取时光去？滚滚江河，纷纷成逝水。忧愁风雨非雄鹰，男儿不洒悲秋泪。

人生莫负太平世。引吭狂歌，唤醒蛟龙睡①。繁花似锦春如醉，助我觅得英雄句。

【注释】

①蛟龙睡——中国过去如沉睡着的蛟龙，一旦苏醒，将腾飞万里。

踏莎行

《嫦娥怨》

　　淡淡清愁，淡淡清晖。容我偷偷把人窥。耿耿星河留一梦，年年玉兔赖相随①。

　　寂寂月轮，寂寂月桂。侬家深悔离俗世："蟾宫千载恨悠悠②，何似凡间多秀丽"？

【注释】

①玉兔——相传嫦娥在月中只有玉兔相伴。

②蟾宫——月亮之别称。

西江月

《情歌》

千江水流易逝，一段相思难磨。当时情事今如何？冷风、冷月、冷歌。

转瞬中秋又过，怕听团圆祝贺。从来爱侣分离多。是他？是你？是我？

满江红

《游南京感怀》

英雄建业①，铸锻出，六代繁华。谁能料，朱明失政②，夕阳西下。红楼残舞哀冷月，乌衣零落宿寒鸦③。更那堪，孝陵悲斜日④，泣栖霞⑤？

星斗移，风雨罢。石头城⑥，春回也。龙虎地⑦，绘出新图画。秦淮江水流银练，金陵秀色育琼花⑧。喜万民，高歌今胜昔，笑喧哗。

【注释】

①建业——南京别名。

②朱明——明朝皇帝姓朱。

③乌衣——南京乌衣巷，为历代繁华之地。

④孝陵——明太祖之陵墓。

⑤栖霞——栖霞山，在南京郊区。

⑥石头城——南京别名。

⑦龙虎地——南京，号称龙盘虎踞之地。

⑧金陵——南京别名。

西江月

《龙虎会》

　　当今之世，科技虽昌明，然而，争斗之事无日无之，余深有感焉。谨以西江月词一首，期世人得所悟也。

　　自古两雄相会，难免恶斗一场。瞪眉怒目爪频张，落得个怪模样。

　　世间平和是福，何必两败俱伤？劝君冷静细思量，换上容人海量。

杨白花

《盼郎归》

　　杜鹃鸟。枝上同声叫。噪得侬家心乱跳。赶到门前看分晓，遮莫夫郎还乡了？快把归舟系杨柳。

渔歌子

《月夜怀人》

月色浓，夜色重。玉楼人怕晚来钟。月影移，花影动。愁漏长，怯冷风。

月迷朦，思迷朦。犹隔关山十八重。月入云，花入梦。别离人，喜相逢。

西江月

《静禅》

静坐常思己过，闲谈莫议人非。日念千遍阿弥陀，佛从心中升起。

看化百载人生，参透万重禅理。几番风雨转归程，脚踏灵山宝地。

望月婆罗门引

《广州参观甲午英雄邓世昌祠》①

　　露冷风寒，分明是晚秋时节。甲午群雄何处？水师遗照张张，痛史从头阅。问天心何忍，偏折豪杰？

　　悲愤难说。未减灭、壮怀烈。誓挽故国沉沦，英雄洒血。东海呜咽，留皓魄忠魂在羊城，长伴那，云山星月。

【注释】

　　① 甲午——甲午年，中日海战，清朝水师一败涂地。致远舰管带邓世昌，指挥舰只冲向敌舰，全体将士壮烈牺牲。

南歌子

《六榕无寺说东坡》

五羊有胜迹，六榕无寺名①。坡翁题句寓深情。后人"狗尾续貂"叹不成。

月有圆和缺，树有枯与荣。世事不必求万全。人生真谛可在匾中明。

【注释】

①六榕无寺名——广州六榕寺前一匾，大书六榕两字，相传为宋大诗人苏东坡所题，不知为何没有写"寺"字，后人传说甚多。

忆秦娥

《广州中山纪念堂歌舞赏罢月夜归》

中天月。清晖泻地白如雪，白如雪。装点江山，不分圆缺。

霓裳舞罢歌未歇①。余音盈耳心愉悦，心愉悦。生平知己，清歌明月。

【注释】

①霓裳舞——唐代之霓裳羽衣舞。

西江月

《钟馗》

醉眼朦胧看剑，满胸澎湃热潮。喝声鬼怪莫猖狂，南山进士来了①！

日间阳世除魔，晚来阴界斩妖。连夜送得福满园，笑听晨鸡报晓。

【注释】

①南山进士——钟馗。生前曾中进士，为人正直，死后，玉帝特令他日夜在阳世、阴间除妖安民。

南楼令

《歌上海》

十里洋场地，百年不夜城。羡黄浦，显赫威名。火树银花欢永昼，赏歌舞、看明星。

往昔逢浩劫①，暴雨也曾经。荒唐事，触目心惊。犹幸廿载春风劲②。催快马、跨前程。

【注释】

①浩劫——指十年文革。

②廿载春风劲——改革开放二十年。

蝶恋花

《游南京秦淮河——悼李香君》

舞尽歌残欲断魂。六朝脂粉，变滚滚胡尘。盘龙踞虎悲落日，画舫珠帘卷黄昏。

一扇长留家国恨。桃花溅血①，千古颂芳芬。百代风流云散后，秦淮冷月照空门②。

【注释】

①桃花溅血——明末清初秦淮名妓李香君，坚贞不屈，自毁容貌，血溅扇上，画家杨龙友把血迹补画成桃花，世人称为桃花扇。

②秦淮冷月照空门——李香君坚不降清，传说最后遁入佛门修行。

高阳台

《别长江，游乐山大佛答客问》

"佛何言大？江何以长？"客问未免张狂。我来答曰："佛法无边乃大，能容天宽地广。云霄上，看众生相。浑如是：微尘芥子，蚁聚黄粱①。"

"江流千载谓之长。多少英雄梦，似水苍茫。古往今来，世事悠悠未了，逝川滚滚向前方。也曾阅，宇宙洪荒。中华龙②，绵延伸展，俗尺难量。"

【注释】

①微尘芥子，蚁聚黄粱——形容人类之渺小，与世事之变幻。

②中华龙——指长江。

南楼令

《南京明孝陵观后》

六朝金粉地，千古石头城①。秦淮月，阅尽豪英。钟楼玉笛暗飞声。不思量，亦心惊。

煌煌龙虎殿，赫赫帝皇陵。到如今，向众展呈，历史名都谁创造？功勋者，是人民。

【注释】

①石头城——南京别名。

浪淘沙

《与玉仙游无锡太湖雨中观鱼跃》

云雾绕三山。银浪多翻。十分暑热去不还。千点雨珠无限意，细润朱颜。

最爱一湖湾。满目锦帆。观鱼远胜子陵滩①。金鳞出水如龙跃，欲闯天关。

【注释】

①子陵滩——严子陵隐居之地。

水调歌头

《与玉仙杨州游罢咏杨州》

风光何处美？绮丽在杨州。明月两分①，仍照在杜郎去后②。二十四桥烟雨③、九万八千云彩，长为伊人留。三春花似海、午夜灯如昼。

幽梦地、神仙境、画中游。醉迷不须醇酒，相望意悠悠。更有奇才隽彦、艺坛欢呼八怪④、百代作龙头。地灵出豪杰，画史记风流。

【注释】

①唐代徐凝诗：天下三分明月夜，两分无赖是杨州。

②杜郎——唐代大诗人杜牧。

③二十四桥——扬州著名景点有二十四桥。

④八怪——清代以郑板桥为首八位画家，打破了清末画坛因陈守旧的习气，开拓了中国画百代创新的先河。号称"扬州八怪"。

蝶恋花

《游北京——悲袁崇焕》

　　连番风雨侵城阙①。怒马扬蹄，看龙泉喋血。千里勤王卫京畿，一怀忠愤向谁说？

　　砥柱倾颓英魂绝②。山河呜咽。问浩茫天地，缘何不容此人杰？游客至此肝肠裂！

【注释】

①连番风雨侵城阙——明朝末年，累遭外敌入侵，风雨飘摇。

②砥柱——砥柱山，黄河急流中的山岳，在河南三门峡附近。这里是形容袁崇焕如中流之砥柱。

念奴娇

《应德国斯图加特国家艺术学院邀请出国讲学，客机中赋此》

风云际会，喜壮游。挥别父老神州。百般离情收拾后，一腔热血方稠。书读万卷，路行万里，夙愿今来酬。中华国粹，定将传遍全欧。

眼前繁星似钻、半月如钩，清光映雪丘。三千九百波和浪、起伏若山头。迢递遥空、天涯咫尺、一机接两球①。彩虹架起，东西文化交流。

【注释】

①一机接两球——两球指东半球、西半球。

念奴娇

《德国多瑙河畔遇雪抒怀》

　　云海翻涛，玄天帝怒，电惊雷怖。巨灵力挽星河泻①，倾倒了，三山瀑布。柳絮飘银，珠帘散白，万箭随风到。眼底江河，一时都成霜窖。

　　念我岭南远客，东鸟西飞，千里关山路。傲数九寒，踏八寸冰，慷慨奔前道。五龙鳞甲②，六出奇花③，殷勤入画图。行将雪霁④，高台鲜花怀抱。

【注释】

①巨灵——神话中的巨灵神。力大无比。

②五龙鳞甲——雪花。张元诗：战罢玉龙三百万，败鳞残甲满天飞。

③六出奇花——雪花多呈六角形，世称雪花六出。

④雪霁——雪停。

水调歌头

《访法国巴黎卢浮宫》

我非观光客，却来访巴黎。为寻千年瑰宝，圣殿觅虹霓。点彩、印象、立体①。梵高、莫奈、马蒂②。目眩又神迷。眼前皆胜景，如入武陵溪③。

毕加索、伦勃朗、达芬奇④。卢浮丰碑，记历史长河万世。才华闪烁今古，成就不分中西。实至自名归。文明酿美酒。后人共举杯。

【注释】

①点彩、印象、立体——西方著名绘画流派：点彩派、印象派、立体派。

②梵高、莫奈、马蒂——西方著名绘画大师。

③武陵溪——指桃源仙境，在湖南省桃源县内。

④毕加索、伦勃朗、达芬奇——西方著名绘画大师。

桂枝香

《游法国——参观拿破仑陵墓》

友人告知，陵前高台，是当年拿破仑胜利时接受欢呼，也是后来失败时告别臣民之处。听来，不禁唏嘘。

群鸟归山，又冰霜送晚。繁华何处？只余宫幛千叠、十二彫栏。危台空阶人去后，漫赢得、连声浩叹："凯旋门下，胜利遗曲，更与谁弹"？

君不见，当年叱咤，挥雄师百万。欧洲俯伏、亚陆胆寒。血雨洒人间，世界风云手上翻。滑铁卢①，舟覆狂澜。末路枭雄，落日台前，泪溅陵滩。

【注释】

①滑铁卢——1815 年英国组成反法联盟，在滑铁卢一举击败拿破仑，并把他流放到英属南大西洋一荒岛——圣赫勒拿岛。1821 年 5 月 5 日拿破仑在岛上逝世。年 52 岁，一代枭雄，晚景凄凉。

念奴娇

《美国蒙特利公园市逛新年花市有感》

今夕何夕？听行人，说道牡丹消息。曹州妩媚三千亩①，绵延天际无极。那年作客，结庐田间②，花映明月色。竞美争妍，梦魂长记忆。

何堪天涯浪迹。关山难越，怎寻旧相识？幸有春风笔，挥洒随意写真容，倩影长留画壁。横幅幽香，效法白石，不作别离泣③。临风微笑，从此永伴花侧。

【注释】

①曹州妩媚三千亩——曹州即山东菏泽县。其地在 1978 年时即有三千多亩牡丹，是著名牡丹之乡。

②那年作客，结庐田间——1978 年作者到山东菏泽写生，不住宾馆，只住在牡丹花田之中，日夕对着牡丹写生。

③横幅幽香，效法白石，不作别离泣——宋朝大诗人姜夔，号白石。有疏影词："等凭时，重觅幽香，已入小窗横幅"。

鹊桥仙

《美国加州洛杉矶花圃喜逢桃与杏》

日影摇红，熏风送暖。朝云浑如丹染。
旧时魂梦去又回，喜见。春光胜浓焰。

桃何不疲，杏何不厌，细匀胭脂上脸？
为酬知己生花笔①，呈现。娇笑更嫣然。

【注释】

①生花笔——《开元遗史》：李白少时，梦笔头生花。由
是才思瞻逸。

满江红

《美国西海岸观涛》

耳畔惊雷，声乍起，铿锵无比。看滔滔，天际横波，云翻水激。崩岩裂石势如虹，欲阻狂澜凭谁力？最摧魂，骇浪作前锋，威难敌。

沧海游，丹青事。万里行，灵感至。胜读十年书，登高立意①。画人笔下千重浪，诗家眼中百代词。试挥毫，泼墨写豪情，凌霄志。

【注释】

①登高立意——绘画理论中有云："古人作画必先立意，意高则高，意平则平，意远则远。"

渔家傲

《美国圣伯纳汀卢，春天的山谷家中——夜雨护花》

　　晚来风急人未定。怕见清晨红满径。横床欹枕梦不成。心难静，持灯冒雨看分明。

　　头遮身护手扶茎。口求青帝："怜薄命"①。殷殷情意动天庭。晓日升，娇花无恙笑盈盈。

【注释】

①青帝——神话中掌管百花之神。

蝶恋花

《美国长滩观海鸥》

　　轻鸥原惯浪生涯。风吹雨打，苍海自横跨。游戏水珠如玩雪，迴旋喷沫若穿纱。

　　世间凡种怎及它？饮露餐霞，狂澜踩脚下。傲然笑指蜂和蝶：只合园中去伴花。

水调歌头

《加拿大赏枫》

秋霜如烈酒，千树醉颜彤。搜遍人间美景，来寻加国枫。曾忆江南三月，纵有漫天花雨，不及此叶红。胭脂涂旭日，硃砂染赤龙。

丹青事，求奇险，忌平庸。更重神韵，似与不似写真容①。画久知难则进，梅香雪后更浓。此理古今同。磨穿三铁砚，奋力向高峰。

【注释】

①似与不似写真容——绘画大师齐白石曾说："画，太似则媚俗，不似则为欺世，画，妙在似与不似之间。"

解珮令

《墨西哥看仙人掌有感》

一茎朝天，千株带刺。莽黄沙，默默向无极。苦旱连年，居赤地，何曾自弃？枯萎了，雨来再起。

不羡盆花，不遗俗世。昂然立，风中尘里。是真英雄，历百劫，然后重生。人与物，皆同此理。

满江红

《庆神六上天》

万里乡关，曾几度，雨雪风霜？东望去，大河奔涌，逝水潺潺。勒石燕然思窦宪①，丝绸古道忆张骞②。数从头，多少事英雄，在心间？

文治国，武安邦，尊礼乐，导愚顽。五千年教化，华胄缨簪③。冲天神六龙奋起，割地悲调不重弹④。看未来，四季花如海，春满山。

【注释】

①勒石燕然思窦宪——燕然，山名。即蒙古的杭爱山。窦宪，《后汉书，窦融传》。东汉车骑将军窦宪追击北单于，登燕然山，刻石记功而回。勒，刻也。

②丝绸古道忆张骞——汉朝，张骞奉命出使西域，开辟了举世闻名的丝绸之路。

③缨簪——中国古代贵族帽子上的装饰物。华胄缨簪的意思就是赞颂中国五千年的文明。

④割地悲调——中国近百年史记载，西方列强侵华，曾迫使旧中国政府割地赔款。

满江红

《万民齐编中国结》

　　自去年岁末以来，中华大地天灾、人祸频发，古语云："多难兴邦，"信是天将降大任于中华之前兆也。

　　回首，人类数千年的历史，我中华民族伟大之处，正在于能在灾难中奋起、重生。有感于此，谨以鄙诚，撰句抒怀，聊伸敬意，词曰：

崖崩山裂。痛苍生，遭逢浩劫！
好家园，屋倒墙倾，水断粮绝。
百里幽魂埋恨土，千村黎庶伤亲别。
最堪悲，废墟泣遗孤，何惨烈！？
眼含泪，心淌血，日月暗，风云咽。
急行军，驰援灾场迫切。
地壳可分情难割，天心虽冷人心热。
请讴歌：万民齐编织，中国结！

沁园春

《唤醒神龙太空游》

戊子年秋，我国载人飞船《神七》发射成功。中国人首次出舱作太空漫游。这标志着炎黄子孙之科技水平又上层楼。昔日，千年登月之梦，指日可圆。感奋之余，倚声以志。

浩荡天风。唤醒神龙，直上遥空。看朗月重霄，星流电闪，交辉银汉，气贯长虹。瑞霭明霞，参、商、北斗，①纷纷列队接英雄。三勇士，宇海作漫游，笑傲苍穹。

琼楼、玉阙、蟾宫。惹俯仰悠悠千载梦。忆蔡伦造纸，毕昇活印，南针、火药，四大丰功。②中华儿女，承前启后，万里云程一瞬中。昂然立，古今文明史，人类高峰。

【注释】

①参、商、北斗——都是天上星星。

②蔡伦造纸、毕昇活字印刷术、指南针、火药是中国古代四大发明。

诗

《读书歌》

手持人间宝①，来唱读书歌。

应知百年短，转眼如穿梭。

少壮不努力，老大叹蹉跎。

古贤训不忘，韶光毋空过。

沉缅戏无益，慵懒将有错。

书柜尘要少，腹中书要多。

好书如智库，犹胜珍宝窝。

字里藏真金，道理尽网罗。

翱翔知世界，漫游见识河。

学习持之恒，莫诿倦而惰。

从小立大志，何惧受天磨②？

笑迎恶风雨，勇对命坎坷。

事业终有成，腾身向高坡。

他年龙虎榜，名单必有我。

【注释】

①人间宝——书。

②天磨——古诗云："能受天磨真铁汉"。

《平川在望》

峰高华岳三千丈，泉出深山百二重。
人生路上不惮险，自有平川在望中。

《山居闲情》

三月春深暮云天，寻幽探胜到山前。
烦嚣杂事随风散，自在斜阳伴客眠。

《红日照前程》

云山若醉犹未醒，策杖登临送晨星。
欢呼一轮东升日，好为画人照前程。

《翰墨缘》

云烟过眼平常事，利锁名缰不上心。
就中只有缘翰墨，愿捐情爱到终生。

《访四川成都郊区山居闻笛》

月上树梢才半尺，岭下田间一片白。

寂然四处悄无言，微风忽送数声笛。

其音似从天外传，离此还差九里八。

关河难越少人来，春山留梦不留客。

《乐水乐山》

人生无直路，崎岖若等闲。

静观常自得，禅性在心间。

春雨随绿至，秋风送鸟还。

岭南丹青客，乐水又乐山。

《洁身自爱》

爱此好毛羽，临流自洁身。

纵然山外去，却也不沾尘。

《艺术生涯》

艺海宽作百年渡，画山高可一生攀。

泼洒涛园三砚墨，涌动风云尺素间。

《自 省》

寻常花月为诗句，等闲笔墨入画图。
我虽无才能自省，夜郎有鉴是狂徒①。

【注释】

①夜郎——古夜郎国，自以为天下最大，成语中有夜郎自
大之讽刺。

《不须彫琢自有神》

昨夜窗前观竹影，今晨笔下几枝新。
水墨淋漓留清客，不须彫琢自有神。

《花红醉人》

麓湖水暖碧如玉，南粤山云白似银。

最爱重阳秋雨后，花红处处醉游人。

《砚边勤耕》

砚边勤耕一画农①，笔下曾催牡丹红。

但使丹青能悦众②，只求率意不求工。

【注释】

①画农——作者之自谦。

②丹青——画。

《广西桂林阳朔村居》

江村秋水两潇潇，细雨微风过小桥。

眼底溪成白玉带，远山正好墨来描。

竹笛数声何悦耳？渔歌互答与云飘。

几时青天明月夜，一帘春梦渡良宵？

《花随春至》

昨日是娇蕾，今朝花如炽。

不待东风催，却愿随春至。

《沉醉丹青》

沉醉丹青不计时，成功常因刚介迟。
冷眼未为名利动，任凭鸦雀占高枝。

《春来客至》

昨宵一夜雨临壁，今晨几树梨花白。
耳畔闻莺三五声，莫非随春来作客？

《笔下性灵》

我虽无才笔不停，横涂竖抹写性灵。
只有下里巴人句，不求阳春白雪名。

《鸳　梦》

瑞雪纷纷暮色浓，无边春意在其中。
若问霜天何能尔？双棲鸳侣梦正浓。

《待 潮》

男儿当学四方才，天生不愿困池台①。

为爱浪花临大海，月明夜半待潮来。

【注释】

①池台——古语云：蛟龙终非池中物。

《竹报春来》

一树平安竹，夜来发几枝。

报道人间暖，冰雪已融时。

浴雨呈新绿，乘风展舞姿。

万物知季节，迎春未可迟。

《农家岁月》

江村春日绿如何？踏遍群山兴自多。

不问世间名和利，农家岁月任消磨。

《梦》

得意人生访玉京①，梦里依稀入园庭。

我醉未知花醒未，睡眼微睁看分明。

【注释】

①玉京——天庭

《渔歌晚唱》

柳花飞后见芦花，翠湖深处笑喧哗。
四处渔舟皆唱晚，歌声犹胜古琵琶。

《四川青城山观瀑》

风送幽泉出山去，我来观瀑觅诗情。
游春莫负好三月，林深更觉涧流清。

《雀跃晨光》

望中群鸟戏人寰，呼朋引类舞云间。
含来晨光洒天地，吐出彩霞绣江山。
夜寒已逐流云散，艳阳将伴晓风还。
又见长空春意闹，欢声高亢尽开颜。

《绿荫深处》

殷勤翠鸟觅荷香，拂柳分花到池塘。
人间六月莲正好，绿荫深处是天堂。

《心　禅》

　　世传达摩一苇渡江西来，是东土禅宗之始。曾面壁十年，潜心参悟，是所谓佛从心出，禅机即在众人心中也。

三点如星佈，半钩似月斜①。

善恶从此出，是非总由它。

慈悲人皆佛，仙凡证无差。

渡江凭一苇，禅机耀心花。

【注释】
　①三点如星佈，半钩似月斜——是指"心"字。

《醉 禅》

待友以宽，惩恶以严。闭一只眼睛对待朋友之缺点，睁一只眼睛盯着干坏事之恶人。似醉非醉，似睡非睡，亦刚亦柔，亦宽亦严。此乃处世之禅道也。为钟馗造像有感①。

醉也三分醒，惕然一眼睁。

腰系霹雳剑，胸怀博爱心。

为民除妖孽，济世送甘霖。

人间太平日，祸去福星临。

【注释】

①钟馗——钟馗，曾考进士，屈死，玉帝怜之，嘉其正直，命其日间除妖，夜间斩鬼，匡扶人间正义。

《戏　禅》

济公，世之活佛也。常出没于闹市，游戏于人间。嬉笑怒骂，惩恶扬善。不识其真面目者，名之为济癫，此乃肉眼凡胎未知禅理而已。实则禅无处不在，又岂在乎于形相哉？

游戏人间年复年，嬉乐笑噱状疯癫。
谁人解透真禅理，喧市亦是大罗天。

《紫气东来》

紫气悠悠自东来，和风习习百花开。
清香阵阵传天外，神鸟纷纷下瑶台①。

【注释】
①瑶台——神仙居住之地。

《春 情》

羞羞爱鸟若情人，喁喁细语欲消魂。
千条柳作十分绿，两颗心同一样春。

《赴山东菏泽为牡丹写真》

为録真容到天涯，写罢曙光画晚霞。
殷勤朝夕挥兔管①，不忍人间见败花。

【注释】
①兔管——毛笔。

《初访山东菏泽牡丹乡》

粉颊绯红花未醉，徘徊芳径我先狂。
一葩一叶全画意，无风无雨自然香。

《天地迴还》

浩浩千流水，莽莽万重山。
翩然来复去，天地任迴还。

《有意随春共往还》

漫天喜气降人间，深院闭门画牡丹。

无心观鸟争高下，有意随春共往还。

《花团锦簇》

六朝金粉集一园，九天华彩鸟声喧。

最是迷人春三月，花枝招展若锦团。

《天香梦》

山河日暖晓风清，年年花事最关情。

三千国色今何在？梦里天香满衣衿。①

【注释】

　①三千国色——山东菏泽牡丹乡有牡丹三千亩。1978 年作者曾到该地写生。国色天香——牡丹，号称国色天香。

《新枝冒雨生》

老竹早具凌云势，新枝何妨冒雨生。

今晨出土为何事？只缘昨夜听春声。

《急雨惊风》

无端一阵雨惊风，有意泼洒在园中。
眼里只余几分绿，消失平时一片红。

《竹桥相会》

几竿绿竹几竿鲜，十里浮云十里天。
有情山雀喜相会，无限春色在崖边。

《何时张健羽》

展翅惊三界，声威动九天。
何时张健羽，跃上白云端？

《书画慰平生》

云山初放暖，春意满羊城。
微风轻雨后，红绿渐分明。
新月留人醉，嫩草献柔情。
愿与花同乐，书画慰平生。

《寒冬夜话》

家常夜话渡寒冬：春花不与雪花同。
只待东风贻荡日，染得江山万里红。

《幽　韵》

山涧泉响若鸣琴，细说沧桑动人肠。
幽禽历尽尘寰事，枕流伴石意悠长。

《秋　游》

良朋结伴画中游，已凉天气未寒秋。
今朝又订他年约：再撷山花插满头。

《冰山新绿》

冰山新绿带春来，雀跃水流亦快哉。
莫愁雪岭霜未解，早花绽处心花开。

《领悟空灵在湖山》

何时一叶钓舟闲？领悟空灵在湖山。

四五炊烟迷翠树，二三雏鸭戏绿滩。

晨峰座看云淡淡，夜船卧听水潺潺。

画图又添新境界，笔墨纵横造化间。

《春　潮》

风送红山雀，雨访绿芭蕉。

遥知春江水，明日又新潮。

《春临雪岳》

春临雪岳喜不胜，迎风展翅共飞鸣。
寒冬过后人间暖，鸟声高处入云清。

《何时再访洛阳地》

**美国洛杉矶书市中喜得"唐诗三百首"乙本，
再拜读李白牡丹诗，有感。**

浮生无诗不成眠，客中幸有买书钱。
何时再访洛阳地？对月狂歌说谪仙①。

【注释】

①谪仙——指唐朝大诗人李白。《新唐书李白传》：李白到
长安，贺知章称他为"谪仙人"。

《荷香动鸟心》

清风入世了无痕，白莲出水未沾尘。
根植淤泥君莫笑，自有荷香动鸟心。

《水墨淋漓写竹枝》

水墨淋漓写竹枝，人间冷暖鸟先知。
呼朋唤友前山去，莫负春风得意时。

《喜　雨》

半倚闲窗意逍遥，一篇喜赋雨中朝。

望里纵横珍珠链，耳畔高低凤凰萧。

旧叶虽黄新叶绿，雪花开后百花娇。

料得翌晨江水涨，驱车乘兴看春潮。

《银浪雄鹰》

浪激不为动，苍鹰气自雄。

只待风云起，振翅向长空。

《望 春》

薄雾迷烟树，云淡月华明。
锦鸟知时节，凝眸望春临。

《风歌燕舞》

风翻翠柳燕穿梭，绿染红尘鸟唱歌。
但愿人间春不老，野林便是安乐窝。

《禅　醉》

春月醉，秋月醉，众人皆醒我独醉。

人生百载若浮云，禅机藏在金经里①。

【注释】

①金经——佛家金刚经。

《写竹狂》

闲来狂写竹，笔酣墨趣足。

何用画惊人，但求格不俗。

《半是丹青半是诗》

大笔纵横写竹枝，小鸟呢喃细语时。

一笔一墨一神韵，半是丹青半是诗。

《胡不归》

归去来兮胡不归？巢空露冷杜鹃啼。

金丝笼兮不足贵，天高愿作逍遥飞。

《翠竹艳阳》

绿盈岭表艳阳天，翠竹山崖又经年。

多少逍遥云中客，乐游银汉喜流连。

《鸟戏雪原春》

丙戌年新春伊始，寒冬远去，春日届临。春风拂脸之际乘兴挥笔为天下报春，为世界颂太平，为人类永远幸福祈祷，为千秋万代文明欢呼。

近山明如玉，远水白似银。

岭上群雀戏，雪原别样春。

相逢皆友爱，同类自可亲。

鸟声成笑语，迷倒世间人。

《鸡同鸭讲》

鸡言鸭语虽难通，鸡鸭未必不同宗。

隔阂消除求一统，共庆世界得大同。

《春》

昨夜春来十里风，今朝春意万山同。

春色又绿崖边树，爱侣思春喜相逢。

《轻鸥戏浪》

冲天巨浪向长空，裂石狂涛气势雄。

最是动容轻鸥舞，俯仰逍遥戏高风。

《和为贵》

和为贵兮战为轻，圣人自古少谈兵。

愿君罢却龙虎斗，再为乾坤赋太平。

《春醉梨园》

万簇繁花闹春忙，一双寿鸟醉梨香。
别有幽情迷娇客，同沐东风舞朝阳。

《春夜情话》

春夜凉初透，树挂月如钩。
情话说不完，鸟偎人宿后。

《镇江北固山怀古》

分久必合合久分，世事如棋乱纷纷。
若使孙刘盟约在①，荆襄何以属他人？

【注释】

①孙刘盟约——三国时，孙权与刘备曾合力破曹，后因争荆州襄阳之地而解体。

《画到知难是不难》

画到知难是不难，回首似过万重山。
应知画理通禅理，得失全在寸心间。

《朝霞夕照》

日前，友人示我一照片，中有一花季少女与一龙钟老妇促膝谈心，有如朝霞与夕照相逢，今日之朝霞亦明天之夕照也，有感。

朝霞夕照巧相逢，百载人生一瞬中。
愿君惜取人间暖，莫数寒更怨晚风。

《莲　舞》

出泥花好原不染，浮水叶园自有香。
或疑彩缎池中舞，信是霓裳水上扬①。

【注释】
①霓裳——唐代霓裳羽衣舞。

《七月游瑞士万年冰河》

九霄寒气聚山前，千层积冻现冰川。

晴空只觉云俱冷，盛夏不离身着棉。

三尺之成非一日，百丈还需多少年①？

念我巍巍丹青事，敢不倾力效前贤？

【注释】

①三尺之成非一日，百丈还需多少年——俗语："冰冻三
尺非一日之寒。"

《春　梦》

融融春夜暖，淡淡月色黄。
微微风欲醉，甜甜入梦乡。

《只为月升迁》

腾龙出六合，水流向九天。
云湧何太急？只为月升迁。

《说　狂》

说我狂时我就狂，潇洒人生走一场。
此身所幸无媚骨，笑声响处云飞扬。

《南国木棉雄》

几树红棉耀眼红，一双彩鸟戏春风。
傲然自有凌霄志，足下青云可称雄。

《雪中春》

日月升沉自有时，人生顺逆亦如斯。
花意不似世情薄，雪中犹发报春枝。

《奋力向高峰》

傲然冷对三秋雨，昂首何伤四面风。
欲求一览高峰景。那惧盘山路几重？

《醉八仙》

仙班无事日月长，渡海归来闷得慌①。

且喜瑶池多美酒，蓬莱岛上醉一场②。

玉液琼浆流遍地，脸红耳热入黄梁③。

可笑世间名利客，怎得安闲到梦乡？

【注释】

①渡海归来——相传八仙曾各显神通渡海。俗话："八仙
渡海，各显神通"。

②瑶池，蓬莱——皆是仙人居住之地。

③黄梁——这里泛指梦。

《月儿弯弯》

听新闻，悉残疾人自强自救故事，感之。

天上一弓弯，出没云汉间。

虽无遍地白，亦有冷光环。

圆月固可歌，缺时更应赞。

同为照夜灯，清辉耀人寰。

《心比云闲》

意随绿水远，心比白云闲。

胸中无灰垢，望里有青山。

《烟雨云龙》

看余腕底出蛟龙，天海云涛烟雨中。
且将常法换无法，舍却清晰入朦胧。

《晨鸟高翔》

喁喁晨鸟巧相逢，双双展翅向遥空。
万物逢春皆奋发，与时俱进古今同。

《参观三水市莲花世界即兴》

并蒂莲开汇三江①，四时香气动八方。

今日有缘来相聚，愿求一朵醉华堂。

【注释】

①并蒂莲——莲本一茎一花。开两花者称并蒂，十分罕见。

《纵横之际见精神》

兔管勤挥为写真，竹影扶疏有乾坤。

痴客多情君知否？纵横之际见精神。

《嘘气成莲》

兴云佈雨催浪风，嘘气成莲势如虹。

神龙今日凌霄汉，俯仰纵横傲长空。

《十八罗汉》

　　罗汉，梵文中阿波罗之简称也，是指修行得道神通广大，慈悲济世堪受众人供奉之圣贤，然而平日所见之罗汉像，绝少"美"男子者，正所谓佛法行善，得道者全在于有一副以人为本，慈悲为念之菩萨心肠耳。

亦云亦水两难分，是仙是凡可认真。

世道从来多龙虎，心存善念免纠纷。

但得慈悲能济众，十八罗汉现金身。

应知佛祖修行日，如来也是普通人。

《晓日鹰扬》

　　乙酉年春月于美国洛衫矶居所后花园中仰视长空，于晨光曦微之际，见鹰翔云影霞光之间，蔚为奇观。忆起多年前在德国养鹰场驯鹰时之惊心动魄，历历仍在目前，心中画兴如涛，于是挥毫泼墨成此，力图记下那动人之瞬间，绘出那九天磅礴之气，画出鹰击长空之气势，为天地间增一股阳刚之慨。为我中华民族在新世纪的振兴吹起号角，愿中华民族像晓日中之雄鹰展翅。

纵横八万里，上下九重霄。

昂首迎红日，展翅傲蓝天。

长鸣如虎啸，疾飞似龙躔。

云翔尘世外，鹰扬玉山前①。

【注释】

　　①玉山——相传是王母娘娘居住之所。唐代大诗人李白诗："若非群玉山头见，会向瑶台月下逢"。

《醉中仙》

炎炎夏日映红莲，熠熠华光耀曙天。
霓裳舞起丹霞动①，几疑梦会醉中仙。

【注释】

①霓裳舞——唐代舞蹈："霓裳羽衣舞"。

《傲气可人》——写竹

惯历风霜铁样身，羞与凡花苦争春。
虚心足为世所重，傲气凌云却可人。

《争买胭脂画牡丹》

春来绿染珠江水，花开锦绣白云山。
为报太平歌盛世，争买胭脂画牡丹。

《红叶醉三秋》

美国鲍德温市寓所门前一枫树，每逢霜后，千
叶通红，有如醉后，蔚为奇观。

草堂闲日诗兴稠，惜花不为痴人留。
幸有门前一老树，经霜红叶醉三秋。

《天堂在岭南》

疑烟疑雾云山雨，如亲如故珠江人。
至此更觉岭南美，天堂原来在凡尘。

《也作逍遥游》

跃跃崖边鸟，迎风羡海鸥。
何时添健羽，也作逍遥游？

天风起兮海扬波。是云，是涛？是他，是我？倩谁会取其中意？请君细品——

《天涛歌》

茫茫云海未可穷，炎炎赤帝出其中①。

百万鲲鹏来宇外，千江水汇幻成龙。

涛连天际凌霄汉，天湧洪涛漫碧空。

可循一滴观世界，不疑万顷识鸿蒙②。

舒卷何荡荡？起伏何泷泷？

静观不变如华岳，动看巨鲸跃山峰。

马阵奔雷尘蔽日，狮群逐电吼声雄。

谈虎声威人震慄，望洋惊悸鸟迷踪。

独有岭南丹青客，挥毫泼墨自从容。

【注释】

①赤帝——指太阳。

②鸿蒙——远古的世界。

《再访华林寺》

　　广州西来初地之华林禅寺相传是佛祖初到大陆之处，在文革十年中在劫难逃。甲申年春，余自美回穗，再次登临，只见寺内外香烟缭绕，善信络绎不绝，感慨系之，得此

十年寥落旧禅台，绿暗红稀百事哀。
今日重欣香火盛，几疑佛祖又西来①？

【注释】

①佛祖——指达摩祖师。

《彩云归》

漫天锦绣晚霞明，长空乐奏鸟归声。

人间最爱斜阳美，彩云相伴向前程。

《哭笑之间》

　　丁丑年春，自美国古物市场上购得木雕两片。一苦、一乐，一哭、一笑。简朴传神。不知出自哪位民间巧匠之手。有感，成诗一首记之：

哭罢笑来笑罢哭。烦恼只因未知足。

需知平常心是佛，草堂便是黄金屋。

《解意红花》

我访洛阳怕来迟，处处名园披绿衣。
犹幸牡丹能解意，再为痴人抹胭脂。

《广州南越王墓纪念馆观后》

一锄惊破千年睡，越王宫殿现废墟。
百粤横流珠江水，带出多少兴亡泪？
热情登临论古今，冷眼静观潮来去。
得失成败究为何？历史民心长作主。

《愿君长奋发——勉虎》

草泽为霸主，林莽亦称王。

怒吼惊四野，狂啸动八方。

摆尾三山抖，张牙百兽惶。

愿君长奋发，莫使堕平阳①。

【注释】

①莫使堕平阳——俗语："虎落平阳被犬欺"。

《禅在静中生》

涧中清泉急，山前众鸟闲。
水流心不竞，禅在静中生。

《归　思》
应邀参加广州第一届国际华人艺术节即兴

他花怎及我花香？离巢彩鸟诉衷肠：
"亲思日夕如藤绕，愿驾长风返故乡。"

《祝寿词》

裁红剪绿贺生辰，望中庭阁物华新。

古今仁孝圣贤事，春秋忠义热心人。

文章有价文缘结，世态无争世所亲。

年年桃酌真欢慰①，老树经冬倍精神。

【注释】

①桃酌——寿筵。

《故乡竹》

应邀参加广州第二届国际华人艺术节即兴

虚心劲节奇君子，傲雪欺霜伟丈夫。

虬根立定故乡土，歪风其奈我何乎？

《酒月寄相思》

春雨杏花江南日，秋风桐叶塞北时。

梦魂难越关山远，杯酒明月寄相思。

《新年夜观珠江焰火晚会》

漫天花雨洒珠江，五羊焰火奏乐章。
长空闪烁春雷动，盛世豪情铸辉煌。

《游鱼逐香》

彩莲出绿水，锦鲤戏清塘。
游鱼何所乐？只为满池香。

《访萝岗与梅花论诗》

为寻胜景踏晨霜，十里幽林百里香。
蓦然悟得题花句，诉与梅兄共品尝。

《沉醉秋风》

加拿大爱明顿市访枫红

是谁赐我千叶红？不在江南二月中。
四野草霜因露白，十分凉意入帘栊。
九月蓝天飘赤焰，三秋绿岭染丹峰。
人间自有怜枫客，醉罢春风醉秋风。

《紫　薇》

眼前园艺一紫薇，曲干屈枝实可悲。
迎风送籽天涯去，何堪长受小盘羁？

《盼　归》

乱云翻墨出重山，浪珠入船过险滩。
卷地风来秋八月，越岭云飞雁一行。
万里关河路长短，咫尺天涯梦往还。
遥知故园最高处，亲人此日又凭栏。

《雪浪银涛》

鼓浪掀涛拍岸风，苍海横流气势雄。
三千弱水灵鸥舞，万丈豪情古今同。

《碧桃绽放春精神》

崖前彩鸟往来频，放眼云山景色新。
造化有情施雨露，碧桃绽放春精神。

《沉醉丹青四十春》

今岁，访欧两载后，旅美亦八年矣。回首笔墨生涯逾四十春秋，无限感慨，得此：

少年有梦苦难圆，艺海无边驾小船。

庸才未甘落人后，苯鸟先飞勇向前。

伴我晨昏唯铁砚，任它风雨不记年。

南北纵横行万里，东西融汇画三千。

中华国粹长怀恋，欧美现代喜留连①。

徜徉巴黎观瑰宝，登临瑞士看冰川。

每逢妙处皆雀跃，偶得佳韵若甘泉。

他日有成君莫问："几分人事几分天？"

【注释】

①欧美现代——指西方现代画派。

《起伏青山》

和风摇翠竹，林鸟戏幽谷。
白云去复来，青山起还伏。

《南海腾龙》

**乙酉年中秋既望，心感身处太平盛世，亲眼看
到珠三角经济腾飞，感奋之余，挥毫寄意。**

腾龙戏苍浪，激湍溅重霄。
吐纳水云急，翻湧迅雷嚣。
慷慨辞旧岁，风流看今朝。
明珠出南海，掀动天下潮。

《志在天涯》

游美国新港滩海湾,随友人驾船出海有感

船头浪吐雪花飞,出没群鸥入翠微。
云帆张处今何往?志在天涯路不迷。

《与德平、玉华、玉仙游江苏常州天目湖》

天风吹我过湖山,极目苍茫云水间。
锦鳞戏浪时高下,巧燕追船又往还。
早知尘务经年苦,珍惜人生此日闲。
若问今宵何处岸?愿随渔唱到更阑。

《茶 道》

为中华茶文化杂志封面画题词

愿君惜取好年华，名利须臾镜里花。

风月场中千樽酒，不及闲来半杯茶。

《与玉仙游罢江南烟雨回》

我从江南烟雨来，画卷曾携月影回。

嫩柳初为春放绿，晨蜂又与花为媒。

痴迷已忘身是客，留连山水不思归。

痛饮莫辞今日醉，以茶代酒共举杯。

《中华之花》
闻我国申奥成功有感

人类文明出奇葩，奥运精神耀中华。
五洲健儿齐奋力，不拘花落在谁家①。

【注释】

①不拘花落在谁家——奥运精神是公平、公正，友谊第一，重在参与。

《岩畔新姿》——写竹

忽从岩畔见新姿，信是辞冬接春时。
人间冷酷消融后，珍重眼前初绿枝。

《江南观杏》

晓风吹雨洒池台，我到江南杏已开。
归去不忘簪两朵，逢人便说赏花来。

《沉醉紫云香》

众藤风中舞，千花雾里香。
引来天外客，沉醉紫云乡。

《佛吼龙吟》

佛门一声吼，银宇响霹雳。

波撼五云堆①，天地齐变色。

急电挟惊雷，狂风催雨激。

苍海起腾龙，翻湧向无极。

【注释】

①五云——唐诗人白居易"长恨歌"：楼阁玲珑五云起。

《风雨故国情》

夜来窗外风雨声，游子心内故国情。

三两鹃啼惊客梦，不如归去免飘萍①。

【注释】

①不如归去——杜鹃啼声如"不如归去"，"不如归去"，声音凄切。

《绿意葱笼》——写竹

几杆清影插碧云，一树葱笼绿意新。

虚心劲节如君子，德高犹似古圣人。

《锦绣春翎》

花事纷纷不偶然，春风习习艳阳天。
手中一支写意笔，录尽人间锦绣篇。

《风雨雄鹰》

九霄风雨带雷声，傲然笑对若闲庭。
人间豪杰谁可比？林中猛虎天上鹰。

《羊城颂》

神州胜景何处寻？羊城风物世所欣。

一从百粤改革后，五岭千梅更动人①。

云山花事随春至，珠海明月共潮生。

黎民同庆今胜昔，社会和谐富代贫。

【注释】

①五岭千梅——五岭中有梅岭，遍植梅花。

《生命之歌》——写竹

雏鸟争鸣如交响，新篁吐绿亦文章。

春风到处人间暖，生命之歌在飞飏。

《为美国蒙特利公园市海皇翠亨邨酒楼画题句》

海傍鸟飞急，
皇皇夏日红。
翠华应在望，
亨然客路通。
邨舍藏云外，
酒旗隐树丛。
楼高能致远，
好景眼前浓。

《为德国陶陶居大酒楼画题句》

陶然观美景，

陶醉在人间。

居然凡俗地，

好胜蓬莱山。

客自八方来，

似寻半日闲。

云淡奇峰出，

来朝又高攀。

《为美国蒙特利公园市翠亨邨大酒楼撰联》

翠色无边。喜今日大地春回。座上诸君，凭栏望故里，邀四、五知己，把酒联欢。都道英雄能创业。

亨通有路。盼他年乘风归去。闲来我辈，临窗怀远国，唤二、三好友，登楼品茗。未闻人杰不还乡。

《回 归》

余于一九九七年七月一日诗书画该图于美国洛城。二零零七年七月一日，时隔十载，为欢庆香港回归十周年，再度挥毫得之。

三知堂主再誌于羊城知还山馆，仍觉心情如昨，热血沸腾不已。

少年有梦，遥望南天，梦想有一天香江水回流神州大地。一九九七，紫荆花开。香江水，珠江涛，黄河浪，长江潮，终于汇流在一起，洗清了一百五十年来中华民族之奇耻大辱。正是远水归源，离鸟还巢。余梦境成真，心潮激荡，谨以此图，铭誌此世纪之盛事。

《知　还》

　　岁末鞭炮声中，新世纪将降临人世。中华民族也将迎来新的春天，在此普天同庆的日子里，谨以此祝愿我的祖国繁荣昌盛。

　　一九九九年时值澳门即将回归祖国，又是中华人民共和国成立五十周年，感而赋之。

世纪之交，一九九九。
几许讴歌，几多感受？

昨日
百年风雨，裂土分畴。
游子离母，痛缺金瓯①。

今天

五十春阳，雄狮昂首。

失鸟还巢，远水回流。

明朝

天高海阔，伟业千秋。

龙腾虎跃，兴我神州。

《人生》(一)

或言成功凭运气，未必庸碌是先天。
人生百载如有价，少年努力最值钱。

《人生》(二)

去是来时来是去。虚作实兮实为虚。
但求俗世存真我，何必更问我是谁①？
强音出自不言中②，有限融于无限里③。
珍重昂藏七尺身，何惧时光如流水？

【注释】

①何必更问我是谁——清顺治皇帝出家诗：生我之前谁是我，我生之后我是谁。

②强音出自不言中——唐朝大诗人白居易《瑟琶行》诗：此时无声胜有声。

③有限融于无限里——意思是把人生有限的生命融入无限的为社会服务之中。

《人生》(三)

修得红尘野鹤身，此生有幸作闲人。

子陵滩头观逝水，首阳山上看流云①。

板桥笔下留竹节，渊明篱畔赏菊魂②。

金马玉堂何足羡？诗画伴我度晨昏。

【注释】

①子陵滩、首阳山——分别是严子陵与伯夷、叔齐归隐之地。

②板桥、渊明——郑燮、字板桥。清朝扬州八怪之一，善画竹。晋陶潜，字渊明。独爱菊。与郑板桥二人都是淡薄名利的隐者。

《人生》(四)

猴年将渡春如海，秀色如涛卷地来。

寒冬早送三山外，旭阳已在众心载。

育果莳花时正好，披荆斩棘路不歪。

人生莫道耕耘晚，彩霞似锦任剪裁。

《人生》(五)

一从稚眼观世界，自知愚鲁非大材。

人生五十有微得："太精明者是痴呆"！

《人生》（六）

相逢不问过去年，人生通达总由天。
但求扪心无愧疚，长夜低枕亦安眠①。

【注释】

①长夜低枕——俗语道：高枕无忧。此句形容人若无亏心事，则低枕亦可无忧。

《人生》(七)

荣登五六一画童①，珍惜时光倍用功。

日间挥毫向笔墨，夜来挑灯作书虫②。

画山千仞何为顶？人生百岁又高峰。

天道酬勤古有训，悠然自得乐无穷。

【注释】

①画童——作者自谦语。

②书虫——迷恋书本。

《人生》（八）

闲写云涛学诗家，画录山川乱涂鸦。

望空留连一片月，观桃影落半江花。

待友真诚无假我，谈笑鸿儒更有茶①。

人生快意只如此，何必奢横向世夸？

【注释】

①谈笑鸿儒——陋室铭中有句："谈笑有鸿儒，往来无白丁"。

《雨送春花》

造化有情怜痴客，仙葩无恙入凡家。
瞒人昨夜三更雨，送我今晨一院花。

《岳阳楼赞》

忧乐分先后，①雅俗辨名楼。

三湘眼前阔，一水天外流。

银羽云中会，金鳞江上浮。

人文传万代，湖月共千秋。

【注释】

①忧乐分先后——宋代范仲淹〈岳阳楼记〉中有"先天下之忧而忧，后天下之乐而乐。"千古传诵。

爱情

诗

《爱情诗开篇词》

人一生，能拥有一份真诚的爱是幸福的。无论是自己爱上别人，或是别人爱上自己。

天涛有幸，此生除了拥有自己骨肉亲人之互爱以外，也曾真诚地、轰轰烈烈地恋爱过。

所以，多年来，不时用诗、词、书、画的形式进行表达。可以说，我拥有了两份真诚的爱，也就是说有了双重的幸福。这辈子没有白活。

感谢上天！

——天涛——

十 二 时

《日愁》——写给衍丽①

　　几度春秋。几番风雨，几何人寿？问伊人今夕，可在迥龙楼②？

　　相思染白少年头。黄花应笑痴儿瘦。春情难敷衍，丽日反添愁。

【注释】

①衍丽——作者中学时同学。

②迥龙楼——当年衍丽曾住在迥龙里。

鹊桥仙

《月怨》——写给衍丽

鹊桥已断，鹏程何用，怎得岁月流转？
不堪衍衍别人花，却问丽丽谁家院？

宵残梦乱，宿泪凝血，谁道天从人愿？
多情最恼无情月，浑不管人间愁怨。

沁园春

《遣怀》——写给衍丽

一介画师，卅年风雨，千样飘零。恨当年故里，雪虐红梅，霜凝碧草①，泪洒苍溟。日月无穷，韶光有限，怕又见柳绿花明。春虽好，奈忧思繁衍，更惹离情。

同窗往日温馨。慕朝霞丽质暗心倾。豫章院前②，欢歌阵阵。英雄树下③，浅笑盈盈。倩影难忘，梦会羊城。三生石上赋新声。盼来日，有嫦娥伴我，起舞人间。

【注释】

①雪虐红梅，霜凝碧草——十年文革时衍丽与母亲受到了很不公平的对待。

②豫章院——广州长堤真光中学、原广州市第九中学，内有古建筑，名豫章书院。

③英雄树——九中操场有一高大木棉树。

昼夜乐

《述情》——写给衍丽

赤绳错系难欢聚，夜夜夜长失睡。那堪两地怀人，怅望朝云晚树。悔不当年谋嫁娶，徒相忆，鲜花娇蕊。痛惜好春光，都被风抛去。

但求他日知音遇，畅谈往昔情事。且忘尘世辛酸，再觅人生真谛。抹掉胸中断肠句。沉醉欢舞狂歌处。敞开两心扉，更请春长驻。

《中秋花月词》

——写给衍丽

天涛逢秋月，忆花衍丽时。

惜花常早起，爱月总眠迟。

朝盼花常伴，暮盼月相依。

月魄系情心，花魂动爱思。

观花勤作赋，对月每吟诗。

花香摄我神，月色令我痴。

此际月满楼，何时花满枝？

问花花不语，问月月无词。

览月从今夜，会花更何时？

解语花何在？临月倍相思。

换巢鸾凤

《爱之歌》——写给玉仙①

卓立寒宵。望龙城万里②，隐现鹊桥。求得"焦尾琴"③，借来"弄玉萧"④。声声唤"阿娇"。秦柳柔情⑤，易安词调⑥。凝神处，长夜虽长天欲晓。

明朝。花影俏。香径雨余，旭日长相照。伊甸园中⑦，鸳鸯帐里，响遍人间欢笑。水仙香醉樱桃红，百灵歌罢黄莺叫。一日爱卿廿四时，孰多？孰少？

【注释】

①玉仙——作者太太。

②龙城——江苏常州市古称龙城。

③焦尾琴——相传为卓文君所有，司马相如曾奏一曲凤求凰向她表达爱意。

④弄玉萧——相传秦王之女弄玉曾吹萧引凤。

⑤秦、柳——宋大词人，秦观与柳永。

⑥易安——宋女大词人，李清照。

⑦伊甸园——古西方神话中，亚当与夏娃谈情处。

沁园春

《新春寄情》——写给玉仙

惆怅凭栏。登高纵目，神驰云间。望龙城隐隐、烟云渺渺、归鸦点点、月步跚跚。"婉约诗魂"、"花间词魄"①，都付天风送远关。琴音起，正声声高亢，为爱急弹。

寂寞生平虽惯，终究是人闲心不闲。愿娜娜花晨、依依柳岸、滔滔情意、偎偎同欢。对月成文、观花作赋，争得红颜青眼看？问何日：能梅开南岭，辉映巫山？

【注释】

①婉约、花间——指宋朝时著名的婉约、花间两词派。

鹊桥仙

《喜鹊伴彩虹》——写给玉仙

嫩柳摇风，娇葩吮露。万里红花满佈。
昨宵风雨尚迷濛，彩虹今接江南路。

玉笛和音，瑶琴伴舞。漫天喜鹊无数。
芙蓉幛里春日长。伊甸园中新曲谱。

鹊桥仙

《喜相逢》——写给玉仙

鸳盟既定，两心相许。早盼比翼云渚。
纵然烟水尚茫茫，终有日乘风归去。

花园名楼①，龙城佳处②。闻道嫦娥暂
驻。相逢喜极话联珠，又岂止相思一句？

【注释】
①花园——玉仙住所在常州的花园南村。
②龙城——江苏常州市古称龙城。

《新春情话》

——写给玉仙

新年欢渡花如海，春意如潮扑面来。

晨光乍现云天外，爱苗突破土中埋。

昔日孤鸿伤异域①，翌年双雁醉蓬莱。

莫向前途愁风雨，苍溟自有巧安排。

【注释】

①孤鸿——作者曾孤身在海外多年。

《日夕伴妆台》

——写给玉仙

猴年初渡春如海，独爱奇花高处开。

延陵红豆云中落①，洛郡赤绳天外来②。

青鸟书传无限意，红笺愧负宋玉才。

多情天亦行方便，檀郎日夕伴妆台。

【注释】

①延陵——江苏常州市古称延陵。

②洛郡——美国洛杉矶。

《天涛遇仙赋》

——写给玉仙

甲申年冬夜。

乱雨敲窗，远灯如豆。

观灯，灯影迷濛；听雨，雨声淅沥。是时也，夜凉如水，枕蓆轻寒，万里怀人，久不能寐。念及远在延陵古郡的玉仙①，忆及相识、相知、相恋的日日夜夜。顿觉遐想连翩。仿佛神游于太虚——登九重天，叩玉皇殿。霎时，文思泉涌。披衣起，挑灯展纸，得"天涛遇仙赋"一首。凡六十六句。是取六六大顺之意也。

天涛觅佳偶，寻梦到延陵①。

飘然风借力，悠然雾中行。

迷离忘路远，缥缈少人声。

神光头上照，云涛足下腾。

凝眸日已近，回首月可亲。

琼花环翠树，画栋绕华亭。

玉帝闻客来，推座起相迎。

殷勤问来意？长揖道姓名。

自云："丹青客"，为爱访天旻。

王母闻客来，设宴沉香亭。

瀛洲邀七姐②，蓬岛请双星③。

八万四千天女闻客来，

漫天歌舞喜盈盈。

歌是瑶池乐④，舞比羽衣轻。

中有碧玉仙，丽质自天成。

神如秋月朗，品似白莲清。

梦里千回见，此际眼前明。

"愿为天仙配，相守不负卿"。

闻言娇无限，掩袖不胜情。

"愿酬君子爱，携手到羊城"。

众仙闻喜讯，九霄同相庆。

颂歌歌永昼，祝福话连声。

太白送醇醪⑤，嫦娥赠香茗⑥。

麻姑奏瑶琴⑦，如来诵金经⑧。

望中蝴蝶舞，耳畔凤凰鸣。

花雨纷纷落，彩霞冉冉升。

仙凡春意闹，日月放光明。

人生苦苦寻梦四十年，

谁知梦在凌霄境。

但得年年三百六十日，

朝朝夕夕渡温馨。

谈诗夜不眠，举杯醉还醒。

百载乐无涯，三生缘有定。

共系同心结，人间享太平。

在天为比翼，在地连理生。

乾坤唯一理，天地重真诚！

【注释】

①延陵——江苏常州市古称延陵。

②七姐——天上仙女。

③双星——天上牛郎织女。瀛洲、蓬岛（即蓬莱仙岛）都是神仙居住之地。

④瑶池——神仙居住之地。

⑤太白——唐大诗人李白，字太白，也称酒仙、诗仙。

⑥⑦嫦娥、麻姑——皆是天上神仙。

⑧如来——西方佛祖。

后　记

　　天涛自小爱诗，却不甚了了。

　　把这本小集定名为"画中诗"不觉有点惶恐！

　　然而，数十年来在挥毫泼墨之余，总爱把心中所思见诸于文字，然后题于画作之上，祈与有同好者同乐而已。倘若有人把它称为"天涛写在自己画上的一堆文字"也无妨。反正，人世间终归是曾经发生过这么一回事就是了。

　　"心中有话不妨一说；画幅中有合适的位置也不妨添加些东西"。这或许就是天涛长年的习惯所使然。如果写上那么一堆文字能够成了画中的一个组成部分，也未尝不是一件快事。当然，这"快"字只代表本人和若干同好者的感觉；因此而引起不屑者的"不快"，那，我只能在此说声："对不起"！

　　毕竟，花儿娇嫩。永远欢迎的是修枝整叶与真诚灌浇的园丁！

　　在此，谨向杨资元、欧初、沈鹏、刘大为、杨之光、林墉、许钦松、黄树森、苏章鸿、谢继成、罗以法、何振云、魏中天、魏双凤、罗兆荣、魏建龙等园丁们致敬！

——天涛——

艺术活动年表

1941 年：出生于广东广州，籍贯广东南海。

曾任中国美术家协会广东分会会员、广州市文史研究馆馆员、广州业余艺术大学国画系主任兼办公室副主任、中国民主同盟广州市委委员、盟市委主办"广州光明学校"美术部主任、广州市荔湾区政协常委。

美国国际美术家协会副会长、美国洛杉矶艺术家联合会副会长、洛杉矶艺术研究院教授、洛杉矶中美文物协会副会长、文物与艺术杂志社副社长。美国太平洋国际大学艺术系教授。

1958 年："广州日报"发表作品"庆新春"。

1976 年："新桃喜鹊迎春至"、"牡丹艳放庆丰年"两幅作品刊印成挂历发表。走进广东的千家万户。

1978 年：经北京中央文化部选录赴菲律宾参加"中国美术家作品展览"。

1978 年：赴山东菏泽县牡丹乡写生。

1980 年：日本福冈市"中国工艺美术作品展览"。

1981 年：香港"中国名家书画展览"。

1982 年：日本国驻广州总领事田熊利忠先生夫人仰慕其艺术，拜为老师。

1983 年：经北京中央文化部选录赴约旦参加"中国

美术家作品展览"。

1983 年：日本姬路市"黄胄、范曾、蔡天涛、李庚"四家画展。

1983 年：日本神户市"蔡天涛水墨画展"。

1983 年：日本姬路市"蔡天涛画展"。

1983 年：作品"春月牡丹图"为日本国驻广州总领事田熊利忠先生珍藏。

1983 年：广州市"四人画展"。

1984 年：新加坡"蔡天涛彩墨画展"。

1984 年：澳门"迎春名家书画展"。

1984 年：作品"春风花月图"为日本国驻广州总领事高桥迪先生珍藏。

1985 年：香港"中国当代名家书画展"。

1985 年：获"中南五省优秀作品奖"。

1986 年：中国广东岭南美术出版社出版"蔡天涛画集"向全国发行。

广东画院院长关山月、广州美术学院副院长黎雄才、费新我等著名书画大师为画集题字，广东作家协会副主席、著名散文家岑桑和新华社香港分社副社长李冲分别为画集写了序。

1986 年：西德斯图加特国家艺术学院邀请赴西德讲学。

1986 年：西德雷蒙舍克皇宫"蔡天涛画展"。

1986 年：作品"飞向光明"为西德雷蒙舍克皇宫博物馆珍藏。

1986 年：西德巴得波尔市"蔡天涛画展"。

1986 年：西德海卜隆市"蔡天涛画展"。

1986 年：西德考夫波尔伦市"蔡天涛画展"。

1986 年：瑞士铁之罗市"蔡天涛画展"。

1987 年：西德海德堡大学东方艺术系邀请讲学。

1987 年：西德怀甫林根市德意志国家银行主办"蔡天涛画展"。

1987 年：西德蒂宾根市"蔡天涛画展"。

1988 年：美国美术界邀请赴美。

1988 年：美国蒙特利公园市"蔡天涛画展"。

1988 年：获美国第五届"国际艺术家作品联展"第一名奖。

1989 年：加拿大多伦多市"蔡天涛画展"。

1989 年：美国洛杉矶中国城"蔡天涛画展"。

1990 年：在美国洛杉矶阿罕布拉市创办第一所由大陆画家主办的"天涛画廊"。后改名为"天涛艺术中心"。

1990 年：美国阿罕布拉市"蔡天涛画展"。

1990 年：美国加州州务卿余江月桂女士仰慕其艺术，拜为老师。

1991 年：美国帕沙迪那市"蔡天涛画展"。

1992 年：美国圣马利诺市"中国著名书画家蔡天涛教授、美国加州州务卿余江月桂博士师生画展"。

1992 年：台湾出版"蔡天涛水墨画选集"。

1992 年：美国圣马利诺市"蔡天涛画展"。

1993 年：美国三藩市（旧金山）"中国著名书画家蔡天涛教授、美国加州州务卿余江月桂博士师生画展"。

1993 年：美国三藩市（旧金山）"蔡天涛画展"。

1993 年：作品入选美国西海岸著名拍卖公司伯得富艺品拍卖公司之秋季拍卖会。

1993 年：名字及小传收录在美国出版的"北美艺术家名人录"。

1994 年：名字及小传收录在中国和香港联合出版的"世界华人艺术家成就博览大典"。

1994 年：名字及小传收录在中国出版的"华侨华人美术家作品集"。

1995 年：作品入选中国书画珍品广东拍卖会（深圳）。

1995 年：作品入选美国西海岸著名拍卖公司伯得富艺品拍卖公司之秋季拍卖会。

1996 年：名字及小传收录在中国出版的"世界华人美术名家年鉴"。

1998 年：加拿大爱明顿市"蔡天涛画展"。

1998 年：名字及小传收录在美国出版"美国华裔名人年鉴"。

1999 年：应聘为美国太平洋国际大学艺术系教授。

1999 年：中国北京中国美术馆、深圳何香凝美术馆、广州广东画院三地举办"旅美著名中国书画家蔡天涛教授与美国前加州州务卿余江月桂博士师生画展"。

1999 年：作品"竹雀图"为中国国家主席江泽民先生珍藏。

1999 年：作品"回归"为广东省华侨博物馆珍藏。

2000 年：出版"蔡天涛画集"向国内、外发行。全国政协副主席万国权、全国人大副委员长费孝通、国务院侨办主任郭东坡、广东画院院长关山月、广州美院副院长黎雄才、赖少其、白雪石等著名书画大师及中国书法家协会主席沈鹏、中国美术家协会副主席刘大为等都为画集题了字。

2001年：名字及小传收录在中国出版的"跨世纪著名艺术家精典"。

2004年：前国民政府广东省主席（人称南天王）陈济棠的女儿陈玉明女士仰慕其艺术，拜为老师。

2004年：作品为美国加州州议员赵美心女士珍藏。

2004年：作品为美国蒙特利公园市市长刘达强先生珍藏。

2004年：美国洛杉矶国际艺术家联展。

2005年：广州麓湖高尔夫球场乡村俱乐部"蔡天涛画展"。

2005年：佛山顺德容城艺术馆"蔡天涛画展"。

2005年：佛山三水文化艺术馆"蔡天涛画展"。

2005年：美国首位华裔市长黄锦波博士仰慕其艺术，拜为老师。

2005年：出版"题画牡丹诗百篇"诗集向国内、外发行。

2006年：江苏省常州市刘海粟美术馆"蔡天涛扬艺欧美二十周年画展"。

2006年：广东东莞市博物馆"蔡天涛扬艺欧美二十周年画展"。

2006年：广州市广州艺术博物院"蔡天涛扬艺欧美

二十周年画展"。

　　2006 年：获美国美中艺术交流展览金奖。

　　2006 年：应聘为中国南国艺术研究院研究员、中国广东广播电视大学南艺分院教授。

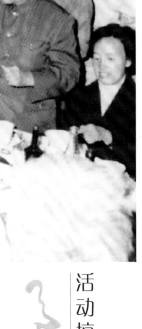

蔡天涛向恩师黎雄才教授祝酒

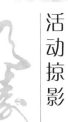

活动掠影

蔡天涛向著名诗人
刘逸生先生请教如何从
大自然中开拓诗的意境

广东美协
副主席著名漫
画大师廖冰兄
观看蔡天涛画
展后合照

蔡天涛在
画展中与著名
画家黄安仁亲
切交谈

全国政协副主席万国权先生、国务院侨办副主任李海峰女士为北京中国美术馆蔡天涛画展剪彩

活动掠影

蔡天涛向全国政协副主席万国权先生介绍创作意图

活动掠影

上：蔡天涛在广州市艺术博物院举办扬艺欧美二十周年画展时与省市领导人陈开枝、陈中秋、黄治洵、邓向端合照。

中：蔡天涛与中国驻美国洛杉矶总领事王学贤先生及夫人合照

下：美国加利福尼亚州州议员赵美心女士代表州政府向蔡天涛颁发表扬状

上：美国加州州务卿余江月桂女士代表州政府向蔡天涛颁发表扬状

中左：德国驻中国总领事荣悟刚先生及夫人与蔡天涛合照

中右：美国蒙特利公园市市长刘达强先生代表市政府向蔡天涛颁发表扬状

下：蔡天涛和美国首位华裔市长黄锦波巧结师生缘

蔡天涛在法国巴黎卢浮宫藏画前留影

蔡天涛在德国慕尼克市B.M.W汽车公司总部前留影

蔡天涛在加拿大赏枫

蔡天涛在墨西哥采风

蔡天涛到夏威夷采风时与当地土人合照

蔡天涛在瑞士冰河冰天雪地之中激发
创作灵感

蔡天涛在美国纽约留影

蔡天涛在四川成都

蔡天涛在南京秦淮河畔采风

蔡天涛画展在北京中国
美术馆举行后在门前留影

活动掠影